🎀 「童年的點點滴滴」經典繪本集　系列導讀

沉浸式的體驗、令人怦然心動的日常劇場　4

文‧游珮芸　資深兒童文學研究暨創作者、臺東大學兒童文學研究所副教授

🎀 親子互動小劇場　請和孩子一起讀，手腳並用一起玩！

沉浸式的體驗、令人怦然心動的日常劇場

游珮芸 | 資深兒童文學研究暨創作者、臺東大學兒童文學研究所副教授

「創作《第一次出門買東西》時，爲了蒐集資料，我經常在街上走動，從人行天橋上探頭往下看，或是在上坡路刻意蹲下來拍照；這才發現，小孩的視角看到的世界，完全不同呢。我經常拿著相機，所以小孩會跑來說：『借我，借我』，然後拿起相機拍我；因爲由下往上拍，所以會拍到鼻孔，看起來就像怪獸一樣……」林明子在訪談時說。

1977 年出版的《第一次出門買東西》，已經成為日本繪本的經典之作。為了紀念本書出版 40 周年，2017 年 4 月到 2018 年 7 月，東京及其他五個日本縣市，巡迴展出了林明子的原畫。這是繪本畫家林明子出道以來，最大規模的原畫展。在繪本原創出版極其蓬勃的日本，每年優秀的作品有如過江之鯽；然而能夠經得起時間考驗，跨越世代仍被小讀者們喜愛的，卻不多見。林明子的繪本，就是那珍奇的少數。

林明子繪本的魅力，有一大部分，來自於她在訪談時提到的「孩童的視角」。她細心審視、研究孩童眼中的世界，在她所構築的繪本中，經常會穿插電影中所謂的「主觀鏡頭」—從小主角的眼睛看出去的景物。從成人腰部以下的高度平視或仰望，會是什麼樣的風景？以這般精巧的構圖，邀請繪本之外的小讀者，也即時參與、體驗小主角的冒險與心境。

另一方面，林明子在繪製繪本時，都會找姪女或外甥當模特兒。她不光請孩子們擺姿勢、拍照，讓她做繪圖時的參考，她也會觀察孩子們在這些特定姿勢的前後，會做什麼動作，會如何移動身體。因此，林明子繪筆下的孩子，都是栩栩如生、有溫度的「生命體」，而不是呆版的人形娃娃。這也讓小讀者們很容易親近小主角，並產生共感。

這個系列中，有四本繪本是由筒井賴子提供文字腳本。筒井賴子是三個女兒的媽媽，她的創作靈感，主要來自育兒的日常生活，再加上自己童年類似經驗的心情記憶。因此，這些故事中，除了日常劇場的「事件」十分接地氣，小主角心境的變化與轉折，也相當細膩生動。會讓小讀者不斷驚呼：「啊！我知道！」、「對，我也是！」

故事繪本可以是讓孩子延展體驗、學習共感的場域。「童年的點點滴滴」經典繪本集，就像是紙上的「劇場」。小讀者很容易進入故事，與小主角們共同經歷繪本中的事件，體驗期待與緊張、挫折與欣喜等各種心境。即便繪本中，寫實描繪的育兒環境與現今有所出入，但孩子在日常生活中，能夠體驗的喜怒哀樂，並無不同。每個孩子都是從這些小小的日常劇場中，經歷各種情境與情感，才能慢慢累積成長的力量。

一起去購物

和孩子一起看一看家裡缺了哪些生活用品。

啊！還少了我最愛的冰棒！

把缺少的東西畫下來，做成購物清單。

媽媽，我們去超市買東西。

把要買的東西通通放進購物籃。

親子活動目的｜孩子最喜歡和大人一起行動，更喜歡真實的任務，學齡前的孩子不需特別給予作業或運算考試。帶著孩子上超市，協助付錢與找零，就是最好的生活數學練習，從與超市店員的互動過程中，也可以學習應對進退的禮儀。

親子互動小技巧｜當孩子有些害羞，不敢和店員開口的時候，我們可以試著幫忙開個頭，或是請孩子從複述開始練習，不要常把：「這孩子就是比較害羞啦！」這樣主觀的話語掛在嘴邊，只有正向的語言與期待才會帶給孩子積極的力量喔！

延伸閱讀｜《第一次出門買東西》

今天是洗衣服的日子，媽媽需要小幫手一起完成任務。

把毛巾放到洗衣籃。

枕頭套也放到洗衣籃。

1、2、3、4，擦手巾都放到洗衣籃了！

小蘑菇，我們一起抬到洗衣機旁邊吧！

親子活動目的｜日常生活的家務是孩子最熟悉的任務，從學步兒時期就可以帶著孩子拆解步驟完成，記得所有的任務都需要動機，可以和大人一起通常是他們最大的動機，給予適合的任務，並感受到自己對這個家有貢獻，小小孩就會成為愛做家事的好幫手了！

親子互動小技巧｜記得要給予孩子真實的任務，而不是辦家家酒或玩具，才能讓孩子有參與感並得到自信，進而樂於持續參與。

延伸閱讀｜《第一次出門買東西》

拿出 4 片拼圖。

盒子裡留一張紙條，寫下第一片拼圖隱藏地點的線索。

將拼圖分別藏在不同的地方，並在紙條上寫出下一片拼圖隱藏地點的線索。

今天我們來玩尋寶遊戲，你要找出這 4 片拼圖，才算完成喔！

拼圖盒裡有張紙條，看看裡面寫了什麼。

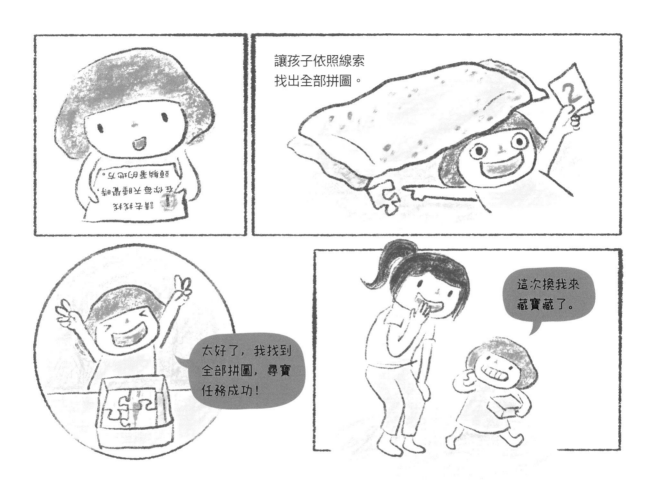

讓孩子依照線索
找出全部拼圖。

讓我找找
我昨天是睡覺時
剛剛看的地方。

太好了，我找到
全部拼圖，尋寶
任務成功！

這次換我來
藏寶藏了。

親子活動目的｜搭配故事，讓孩子一起體驗遊戲，讓孩子知道文字可以傳遞許多的訊息，孩子自然會喜歡閱讀、樂於學習了。

親子互動小技巧｜運用環境來製作題目可以提升孩子對於環境的感知，培養孩子的觀察力與連結力，而使用拼圖是為了能幫助孩子更具體的感受到完成任務的成就和驅動力。

延伸閱讀｜《今天是什麼日子？》

我是接龍高手

看完《今天是什麼日子？》後⋯⋯

玩什麼好呢？

我們也來玩文字遊戲。

文字接龍如何？

文字接龍？
是恐龍嗎？

文字接龍是我說一個詞語，你再接著最後一個字，重新想一個詞語。

這個我會。

書桌。

桌布。

布袋。

親子活動目的｜生活中的物品是培養語文力重要的資源，從孩子熟悉的物品開始是最好的練習，更可以訓練孩子的觀察力及創造力。

親子互動小技巧｜如果孩子造詞能力成熟了，可以引導他們進行說故事的練習，由大人說三個物品的名字，讓孩子把它們串起來變成一個合於邏輯的故事，也是孩子未來寫作最好的練習。

延伸閱讀｜《今天是什麼日子？》

躲貓貓

午睡醒來⋯⋯

媽媽呢？媽媽不見了。

寶貝，你醒來啦！媽媽在這。

我還以為你在和我玩躲貓貓呢！

不如現在就開始玩，三次以內找到就算輸了。1、2、3⋯⋯

遊戲規則：數到 30 之後，當鬼的人拍一下手，代表要抓人了。躲藏的人也要回應，依聲音線索猜測人躲在哪裡。

寶貝的拍手聲不在這裡。

親子活動目的｜當孩子因找不到熟悉的人而產生焦慮時，透過遊戲的方式，可以減緩孩子內心的不安。也別忘了給孩子一個擁抱、一句安慰，這些動作和話語都能給予孩子滿滿安全感喔！

親子互動小技巧｜每次玩躲貓貓的難度可以逐漸變難，例如這裡的遊戲中，當鬼要抓人前可以拍一下手，躲藏的人也要拍一下手，聽聲辨位。或是每次縮減躲藏的範圍，以及增加空間範圍等。
但絕對要注意安全，例如冰箱裡，或是架子不穩的地方，都應該避免。

延伸閱讀｜《佳佳的妹妹不見了》

東西找一找

媽媽，我喜歡的玩具不見了，我好傷心。

你記得玩具長什麼樣？是什麼顏色嗎？

就是很可愛、白白的那個啊！

這樣很難找到玩具。我知道了，我們來練習我說你猜，試著說清楚東西的樣子。

現在我來說，你來猜。請你找一個銀色的東西。

項鍊。

不對，它的中間有個凹槽。

我知道了，是花瓶。

親子活動目的｜東西不見了，孩子一定很慌張，透過清楚正確的描述，讓孩子練習把問題整理好，不僅很好的表達邏輯訓練，也能讓大人了解事件的來龍去脈，可以有效的協助解決問題。

親子互動小技巧｜當孩子無法有邏輯的進行描述時，家長可以適時引導孩子，如：什麼顏色？什麼形狀？出現在哪裡？什麼時候使用等，不要因為心急把孩子想說的話都說完，因此錯失練習表達的機會喔！

延伸閱讀｜《佳佳的妹妹不見了》

我的愛心送給你

小蘑菇的同學毛毛生病了，她想摺一個紙愛心送給毛毛。

找到色紙了。

跟著摺紙步驟摺一摺。

摺好愛心後，寫上祝福的話。

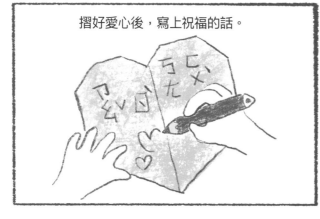

親子活動目的｜人在生病時會較為脆弱，孩子若能感受對方的情緒，是一種同理心的展現，不妨和孩子討論覺得可以怎麼做才能安慰對方，並試著讓孩子在能力範圍內完成。

親子互動小技巧｜在引導孩子完成摺紙時，可以先讓孩子理解摺紙符號，並留意摺紙難度，避免變成大人的表演秀喔！

延伸閱讀｜《佳佳的妹妹生病了》

我可以很勇敢

媽媽，我覺得看醫生好可怕，所以生病時我絕對不要去醫院。

那我們一起練習和害怕說再見。

先在綠色的便利貼上寫下感到害怕的事情。

媽媽，你也會害怕嗎？

那當然嘍！

現在想一想，有什麼方法可以讓自己不那麼害怕，然後寫在紅色紙上。像每次看到蟑螂，我就會念咒語把牠趕走。

親子活動目的｜孩子正在發展情緒調節與處理的能力，給予他具體的策略，並反饋他願意嘗試的努力，孩子就會成為一位勇於挑戰的小勇士喔！

親子互動小技巧｜光是口頭的討論、鼓勵有時效果不如慎重的把它寫或畫下來，這些錦囊妙方可以讓孩子帶在身邊或放到書包裡，就會成為孩子一種隱形的支持喔！

延伸閱讀｜《佳佳的妹妹生病了》

敏銳度大考驗

爸爸，你是不是要跑出去玩。

沒有，我只是要拿信箱裡的信，你怎麼知道我打開門？

因為我聽到聲音了呀！

我們來玩一個遊戲。如果我在5分鐘內順利打開房門走到外面，我就贏了。如果我站起來，你回頭抓住我的話，我就輸了，但你只有3次回頭的機會。如果3次都沒抓到，那你就輸了。計時開始！

15:15

親子活動目的｜這個遊戲簡單又有高度的互動性，過程中，也可以展現彼此的幽默調皮的一面，可以很快的拉近親子關係。

親子互動小技巧｜這是一個模仿故事中哥哥和妹妹的互動遊戲，過程中，家長可以想像自己平時想要獨處空間的時刻，也可以和孩子討論成功逃脫的贏家能獲得的獎勵，如：爸爸看球賽不被打擾、孩子睡前可以多玩 10 分鐘等，藉此提高成功的動機唷！

延伸閱讀｜《帶我去嘛！》

媽媽我想出去玩!

我也是,那你帶我去玩。

好!我們出發吧!

等一下,我們要去哪裡?

想去公園撿漂亮的落葉回來拓印。

那我們要準備東西嗎?

啊!對了,我們可以帶夾子、還有小袋子放落葉。

親子活動目的｜平時都是大人帶著孩子出去玩，偶爾也可以讓孩子主導，讓孩子練習規劃出去玩的路線、要做的活動和要準備的東西，這都是幫助他們練習獨立的過程。家長也可以適時的扮演引導的角色，讓孩子學會判斷和抉擇，也是練習「思考能力」的絕佳機會。

親子互動小技巧｜請放心的讓孩子帶你去玩吧！過多的嘮叨和提醒，只會帶給孩子壓力。不完美計畫，也可能會有意外的驚喜喔！

延伸閱讀｜《帶我去嘛！》

童年的點點滴滴 親子互動遊戲小書

系列導讀｜游珮芸　遊戲設計｜何翩翩　圖像創作｜小蘑菇

責任編輯｜張佑旭　美術設計｜林子晴　行銷企劃｜翁郁涵、張家綺
天下雜誌群創辦人｜殷允芃　董事長兼執行長｜何琦瑜
媒體暨產品事業群
總經理｜游玉雪　副總經理｜林彥傑　總編輯｜林欣靜　行銷總監｜林育菁　副總監｜蔡忠琦　版權主任｜何晨瑋、黃微真

出版者｜親子天下股份有限公司　地址｜台北市 104 建國北路一段 96 號 4 樓
電話｜（02）2509-2800　傳真｜（02）2509-2462　網址｜ www.parenting.com.tw
讀者服務專線｜（02）2662-0332　週一～週五：09:00~17:30
讀者服務傳真｜（02）2662-6048　客服信箱｜ parenting@cw.com.tw
法律顧問｜台英國際商務法律事務所‧羅明通律師
製版印刷｜中原造像股份有限公司
總經銷｜大和圖書有限公司　電話：（02）8990-2588

出版日期｜ 2023 年 6 月第一版第一次印行
　　　　　　 2024 年 3 月第一版第三次印行

訂購服務───────────────────
親子天下 Shopping ｜ shopping.parenting.com.tw
海外‧大量訂購｜ parenting@cw.com.tw
書香花園｜台北市建國北路二段 6 巷 11 號　電話（02）2506-1635
劃撥帳號｜ 50331356　親子天下股份有限公司

立即購買 >

邀請你與孩子一起閱讀、一起遊戲
共度獨一無二的童年時光